KB037877

가타하리나 개부치 씨

최보기 시집

가타하리나 개부치 씨

달아실기획시집
32

보조 용언과 합성 명사의 띄어쓰기 등 본문의 맞춤법은 시인의 의도에 따른 것임.

시인의 말

그가,
詩를 가리켰습니다.

그게,
전부입니다.

2023년 겨울 초입
감도리에서

최보기

차례

가타하리나 개부치 씨

2부

3부

1부

서시

보라 저 산
깎아지른 절벽
바위를 안고 선 소나무
굽히더라도 꺾이지 않았고
꺾이더라도 굴복하지 않았다
정상에 이르지 않을지언정
비굴함으로 구求함은 없었다
천년을 버텨낸 저 의지를

너에게 보낸다

세상에 어떤 꽃도
홀로 피고 홀로 진다
너도 그렇다
끝내 홀로 필 것이니
화려하게 피고 또 피었다가
장렬히 질 것이다
너 하나 피고 지는데
온 우주가 힘을 보탤 것이니
태양은 빛을
대지는 물을
하늘은 바람을
오늘도 너에게 보낸다

여명

가야 할 곳이 있는 강물은
밤에도 멈추지 않았다

해야 할 일이 있는 사람은
지난밤 먼 길을 걸었다

바위는 강물을 막지 못하고
부정否定은 발길을 잡지 못한다

동이 트는 새벽
설빙을 안고 빛나는 산정

닿아야 할 곳이 있는 가슴은
얼음처럼 뜨겁다

동백

하늘이 동백을 피우지 않았다
동백을 피운 것은,
당신과 나의 붉은 심장

피는 것보다
지는 것에 전력을 다하는
철벽같은 바닥으로
온몸 내던지는
저것을 무어라 할까

하루에도 골백번
사랑한다 말하는 애인들아,
진짜 사랑은 죽어 없다
벼락처럼 저를 던지는
동백,
저것을 무어라 할까

꽃바람 산구름

꽃은 늘 그 자리에 있는데
바람이 왔다 갔다 하면서
꽃이 피었네 꽃이 졌네 하대

산은 늘 그 자리에 있는데
구름이 저만치 흘러가면서
세월이 무상하네 덧없네 하대

바위처럼

산은
바람과 힘을
구름과 높이를
물과 길을 다투지 않았는데
바람과 구름과 물이 흘러가는 천년 동안
꼭대기에 바위가 앉아 있다

시여, 직설하자

그러니까 말인데
시를 쓰는 시인이

육이오 때 삼팔선에서 죽은 예수가
식은밥 한 덩어리에 운다

저리 써놓으면
뭐가 좀 있어 보이기는 하지만
그게 무슨 말인지 시인 저도 모르더라.

그러니까 말인데
시는 은유와 상징이라는 법률이
지나치게 상징적인 바,
직설로 가슴을 울리고 뇌를 충격하자.
은유와 상징이 머리카락 꼭꼭 감추는 사이
세상은 직설이 바꾸더라.

'나라를 확 혁명하자'는 말
얼마나 쉽고 간결한가.

그러니까 말이지
시여, 직설하자.

새벽기도

턱밑까지 온 봄을
동백이 빼꼼히 엿봅니다.
영산홍 제라늄은 이미 봄입니다.
부러진 제라늄 가지를 빈 화분에 꽂았더니
기어이 꽃 한 송이를 피워냅니다.
피려 해야 필 것이요,
잡으려 해야 잡힐 것이니
나의 오늘이 그러하길 빕니다.
어제는 가버렸고,
내일은 아직 오지 않았습니다.

가타하리나 개부치 씨

칼이 빠진 바람 불어 산책하기 좋은 봄날 저녁 공원의 벤치에서 가타하리나 개부치 씨를 생각한다. 그가 물었다. 어디로 가려느냐? 모르겠다고 했다. 나는 알고 있다고 그가 말했다. 나는 네가 아는 것은 너의 것이라고 했다. 그는 고개를 끄덕이며 떠났다. 지금 개부치 씨는 어디에 있는가? 그를 만나야겠다. 눈썹달만이 어둡고 긴 문장 끝에 마침표로 달려 있어 개부치 씨에게로 가는 길을 모르겠다. 다시 벤치에 우두커니 앉아 가타하리나 개부치 씨를 기다린다. 봄여름가을겨울 다시 봄여름가을겨울 그 후로도 몇 개의 봄을 더 지나왔지만 가타하리나 개부치 씨는 아직 오지 않는다.

능소화 1

그대 생각하는 사이
봄꽃이 피었소
노랑꽃창포가 피고
꽃마리 꽃다지도 피었소
저 꽃들 속절없이 지더라도
그대는 서러워 마오
저 순한 찔레꽃마저 진다 해도
나는 여전히 그대 생각뿐이니
그대 생각만으로 피어올라
내 여기 핀 채로 투신하리니
저 꽃들 속절없이 지더라도
그대만은 서러워 마오

천지창조
— 갈림길에서

내가 너희를 막 설계하지 않았노라
두 번 살 수 없게 만들었고
영원히 살 수 없게 만들었느니
너희가
두 번 사는 것처럼 사는 것은
영원히 사는 것처럼 사는 것은
내 뜻이 아니다
백만 억 년에 백 년도 안 되는 시간을
딱 한 번 사는 것이 너희의 운명이니
오직 너에게 집중하라
나를 밟더라도 네 길을 가라

설중목雪中木

한번
서보는 것이다
영하 이십 도 바람칼이
기둥을 베도
송곳 눈발이 가지에 박혀도
끝내 휘지 않을 초록을 위해
기어이 한번
버티고 서보는 것인데,

춥다
껍질 속으로 차오르는 눈물
감추었지 나도 너처럼
마음 아리나니
누구든 맨몸으로
다 내어놓고 서보면 그때서야
저도 모를 힘이
결기가
뿌리 저 아래 깊은 곳으로부터
불끈

솟아나는 것이었다.

능소화 2

나는 그 옛날부터 담장을 넘어, 할머니께서 걷는 것을 보았고, 아버지와 어머니께서 걷는 것을 보았다.

형님 누님이 걷는 것을 보았고, 아내와 아들과 딸이 걷는 것을 보았다. 친구가 걷는 것을 보았고, 사모하는 여인이 걷는 것도 보았다.

그 옛날부터 누군가는 담장을 넘어, 내가 걷는 것을 보았겠지. 내가 걷는 것을 보고 있겠지.

산다는 것은, 걸어가는 누군가의 뒷모습을 멀리 지켜보는 것. 내일도 나는 잘 걸어가야겠다.

만우절

푸른 하늘 곳곳 멍든 틈에 끼인
교회 첨탑 십자가를 보다가

내 저 거대한 사기를 뽑아
시궁창에 거꾸로 세우겠노라

첨탑을 기어오르는데
기도빨이 약한지 오르면 곤두박질이다

시詩

족히 십 년은 쌓은 울음들
한 올 남김없이 퍼 올리고서
마침내 말라버린 매미의 껍질을 디디며
조용히 다가온 가을밤
심장에 박히고 뇌를 충격하는
문장 하나 지어내지 못한 내가
휴대전화기 손전등에 매미처럼 붙어서
재개발조합 가입 건도 아니고
삼성전자 주식을 사는 것도 아니고
대통령의 수석이 되는 일도 아닌
남들은 이미 다 잊어버려
박물관에 박제로나 남아 있는
더는 돈도 밥도 이름도 안 되는
이 시詩같은 나부랭이를 붙잡고
하필이면 나는
매미가 죽어
매미 죽은 듯 조용한 가을 초야에
째. 째. 째 각. 째 째 각...
고장 난 벽시계처럼 가다 서고 또 가다 서는가

2부

미생未生

붙잡고 싶은 것들은
늘 멀리 있고
오도가도 못 하는 내 마음의 황색등
언제 녹색등이 켜질까

풀잎에 걸린 그믐달
무심천에 일렁이면
강물에 번지는 당신의 긴 그림자
언제 무심천을 건널 수 있을까

국밥집 1

늙어 귀때기 늘어지고
볼도 쑥 들어가면
평생 살붙이고 산 아내와
만경강 다리 끝에서
국밥집을 하리라

나는 장작을 패고
아내는 국밥을 끓이고
세월의 뒷방에서
가는 듯 멈춘 듯
고장난 시간 견디며

주름진 전등 늙은 불빛
자르고 다진 세월을 졸여
한 세상 꾸역꾸역 건너는 나그네들
언 가슴 뜨겁게 뎁히는
국밥집을 하리라

국밥집 2

국밥집 여자가
설에 오갈 데 없는 사람 올까
돼지머리 가마솥에 넣고
가스불을 시퍼렇게 키운다

비둘기처럼 다정한 사람들이라면
장미꽃 넝쿨 우거진 그런 집을 지어요

이석은 왕의 손자인데 지금 살았나 죽었나

저 푸른 초원 위에 그림 같은 집을 짓고
사랑하는 우리 님과 한평생 살고 싶어

남진이는 그새 장가는 갔을까

코스모스 피어 있는 정든 내 고향
이쁜이 꽃분이 모두 나와 반겨주네

김지미 울린 나훈아는 천하에 나쁜 놈

국밥은 푹푹 끓고
국밥집 여자는 홍얼거리고
횡한 홀 철판 의자에 걸터앉은 사내는
창밖 먼 데 어둠 속에 박혀 있다

올해는 행여나 아들놈이
아부지!
부르며 저 골목 끝을 돌아서 올랑가

개미들의 축지법

1
일렬종대로 또박또박 전진하는
개미 가족
바람에 날려 온 붉은 꽃잎
별안간 길을 막는다
앗!
우왕좌왕
뒤로 옆으로 뒤로 앞으로
마침내 꽃잎을 지나
개미 가족 다시 일렬로 전진
또 전진
꽃잎에 홀리지 않는
보라 개미들의 화중답보花中踏步

2
일렬종대로 또박또박 전진하는
개미 가족
어디선가 굴러온 돌멩이 하나
별안간 길을 막는다

앗!

우왕좌왕

뒤로 옆으로 뒤로 앞으로

기어이 돌멩이를 지나

일사불란하게 일렬로 전진

또 전진

돌멩이에 눌리지 않는

보라 개미들의 허공답보虛空踏步

내통內通 1

모처럼 온 고향집
친구들과 과음으로 속이 쓰리다
뜨거운 물에 밥 말아 김칫국물에 먹을까?

늙으신 어무이 부엌에서 딸그락딸그락
밥상 들고 들어오신다

— 아나, 물에 밥 끓였다 김치에 묵어라
— 시방 그걸 어치께 알었당가?
— 니를 뱃속에서 열 달을 키웠다 안카나

민들레

바늘구멍만큼이라도 틈을 보이면 기어이 비집고 들어가 두 발을 버티고 서서 꽃을 키워내는 것이다. 틈이 없다고 하지 말라. 틈이 없는 것이 아니라 틈을 찾지 않는 것이다. 어디든 숨 쉴 공기가 있다면 틈은 반드시 있다. 무너진 하늘에도 솟아날 틈은 있다.

디지털

천지간이 디지털이라 좋다고들 난리인데
나는 이러다가 앉아서 디지겠다

나처럼 비리비리한 인간이 무슨 공인이라고
뭘 일만 볼라 하믄 그걸 인증하라고 지랄이냐
주민등록증은 뒀다가 어디 쓰라고

아파트 출입문들은 웬 누르라는 것이 그리 복잡해
동네 공원 산보 나가기도 겁이 나고

식당에서 된장찌개 하나만 먹을라 해도
디지털 놈이 주문받고 계산하는 통에 말이 안 통한다

서울에서 삼포까지 한나절 버스 타기보다
모바일 티켓이란 놈이 곱절에 곱절은 더 힘들어

컴퓨터랑 핸드폰이면 세상만사가 오케이라는데
나는 있는 돈도 쓰기가 점점 어려워지는 세상

하다하다 요새는 하악하악 붕가붕가도 디지털로 한다며?
이런 제길헐!

지금은 수가 없어 꾸역꾸역 참는다만
이노무 먹고사는 일만 벗어나 봐라

아나 니미 디질털이다

봄과 나

마당에 복숭아꽃 살구꽃 활짝 피니
베란다 화분들도 꽃을 피웠다.

산수국 수선화 튤립 민들레 제비꽃
노랑 연분홍 파랑 빨강 보라 순백

저것들 바람과 꿀벌을 간절히 원하는데
창문에 막히고 방충망에 갇힌 고요,
무정한 반류의 땅

나는 어깨에 날개를 걸치고
온종일 베란다를 날아다닌다.

인생

울지 말고 걸어라
봄은 오고 꽃은 핀다
네가 걷는 그 길

겸손하게 걸어라
봄은 가고 꽃은 진다
고개를 숙이면 부딪치지 않느니

닥치는 대로 걸어라
뚜벅뚜벅 걷다 보면
신이 닦아놓은 너의 길을 만나리니

출가出家

밤새 소리 없이
눈이 왔는데

네가 없다
너는 시방 어디로 갔느냐

점점이 까맣게 맺힌
백. 팔. 번. 뇌.

내 순백한 가슴에 찍어놓고
너는 시방 어디로 갔느냐

밤새 소리 없이
눈이 왔을 뿐인데

길 1

떨어지는 꽃잎에게도 길이 있나니
바람과 바람이 내어준 여린 결을 타고
꽃은 태초의 영원으로 흘러가는 것이니
하물며
사람과 사람 사이에 어찌 길이 없겠느냐
억겁의 연이 내어준 질긴 결을 타고
나는 너에게 너는 나에게 이르렀던 것이니
그대와 나 사이
가늠조차 어려운 꽃길이 놓여 있었던 것

친구

고향의 친구가 모과를 보냈다.

네 생각이 나서 보내니
나의 향기를 느껴 보아!

"네 생각이 나서!"

네 생각이 나서
나도 꽃을 샀다.

배려

나는
당신의 의자 그러나 먼저
제 다리를 살펴야 합니다
우리 서로
넘어지지 않도록

팔월, 매미

끝내 육신의 껍데기를 벗고
저어 드높은 깃발에 이르려는
오랜 간절함

누군가를 위해 간절하게
무언가를 위해 간절하게

가장 뜨거운 곳에서
가장 높이 울어본 적이 있는가

그렇게 울었던 누군가의 정신을
본 적이 있는가

길 2

원래 길이 아니었으나 나는 걸었네. 수풀에 숨은 돌부리에 걸려 넘어지기도, 무릎을 다쳐 피가 나기도 했다네.

거친 나무 가시에 얼굴이 찔리기도 했지만 늘 그런 것만은 아니어서 맑은 햇살 아래 환히 웃는 옥잠화 무리도 만났다네.

방향이 틀린 것 같아 멀리 갔던 길을 되돌아오기도 했고, 어떻게 되겠지 하며 막무가내로 걷기도 했었네.

어느 날, 돌아보니 내가 걸었던 길을 사람들이 걷고 있었네. 웃으며 걷는 사람, 울면서 걷는 사람, 화가 나서 걷는 사람, 손잡고 걷는 사람. 나는 오늘도 내 길을 가네. 뚜벅뚜벅 걸어가네.

3부

공연히

아내가 허리가 아프다
내 벌이가 시원찮아 아직 일 다니는 아내가
허리가 아프다고 했을 때
나는 아내의 아픈 허리보다
아내가 허리가 아파 일을 못 나가면 어쩌나
그런 찌질한 생각을 하다가
허리에 죽이 무슨 상관이라고
공연히 전복죽을 사 왔다
내일 아침도 먹겠다며
죽을 반만 덜어내는 아내를 뒤에 두고
그놈의 죽 몇 푼이나 한다고 다 먹지 중얼거리며
소주 한 병을 홀짝이는데
이놈의 볶은 어묵이
젓가락에서 자꾸 미끄러진다

서울살이

쇠때와 열쇠 사이
웃음 한 숟갈

냉갈과 연기 사이
눈물 두 숟갈

욕의 방정식

식당에서 순두부 먹다가
엄니가 생각났다
남이 끓여주는 이 찌개 한 그릇
편히 못 먹고 떠난 여자,
삼발이에 씨발이 끓었다

사람은 무엇으로 사는가

중학교 일학년 때 섬에서 항구로 이사했는데 엄마 아부지 나 셋이 단칸방에 세 들어 살았다. 아부지 오십 세, 엄마 사십팔 세, 별 볼 일 없는 나날이었건만, 내게 아부지는 남자 아닌 아부지, 엄마는 여자 아닌 엄마였을 뿐. 지금 내 나이 육십, 그러면, 그래서는, 안 되는 것, 아니었는가. 씨발.

참외 한 개

친환경 농사꾼이 저녁 술자리에 참외를 가져왔다. 가난한 내가 참외를 좋아하는 딸에게 주려고 싱싱한 놈 한 개를 슬쩍 가방에 넣었다. 며칠 후 가방이 이상해 열어보니 참외가 물러 터져 있었다. 씨발, 너무 화가 나 가방을 땅에 패대기친 후 마구 짓밟아버렸다. 그래도 분이 안 풀렸다.

못난 놈

중국집 홀에서 자장면을 안주로 소주를 마실 때 다리를
절뚝이는 사내가 유리창 너머 걸어가는 것을 보았던 순
간, 세상을 씹고 있던 내 입이 나를 씹었다, 못난 놈

아내의 생일

아내 생일날 어느 행사에서 선물 받아 슬쩍 간수해뒀던 가죽장갑을 내밀었다. 아내는 마침 장갑을 새로 샀으면 했다면서 좋아라 했지만 눈에는 슬픔이 덩어리로 들었다. 아내가 청소하며 늘 보았던 그 포장 상자, 장갑이 아내 손보다 많이 크다. 남편은 큰 데서 근사하게 저녁을 사겠다 큰소리치며 나왔는데 아내는 오늘은 추어탕이 당기네, 집 앞 식당으로 먼저 들어가 아들 딸 몫까지 주문을 후다닥 해버렸다. 추어탕 네 그릇 사이로 사이다 두 병, 소주 한 병이 나란히 서 있다.

애기똥풀

내가 젖먹이였을 그때
노오란 애기똥은 약으로도 쓴다며
엄마는 맨손으로 슥슥슥

엄마가 허연 미음으로 버티던 그때
육십 된 자식은 코 막고 눈 감았지

오매불망 그 새끼 그리워
노오란 꽃으로 오셨능가

우리 엄마

밥상을 치우며

밥상을 치우며 이것이 실로 대단한 일임을 생각한다. 늘 상 치우는 뻔한 일이 뭐 그리 대단할까 싶겠지만 먹지 못하면 죽는 일인데 치울 밥상을 차렸다는 것이 어찌 위대하지 않을쏜가. 내일이라도 혹시 차리지 못해 치울 밥상이 없는 늙고 마른 수수깡으로나 오도카니 있지 않을까 생각이 드니 후두둑 눈물방울이 빈 밥상 위에 떨어진다.

이런!

아내는 오지에 새로 발령이 났다며
이런 똥차를 끌고 어떻게 다니냐며
투덜거리고

취업공부 중인 아들은 싸구려 방을 구했더니
이 추운 날 난방이 안 돼 얼어 죽겠다며
징징거리고

대학생 딸은 최고급 인재에게
알바 시급이 개떡 같다며 불평인데

남편은 이제부터 다른 일 안 하고
시만 써서 노벨문학상을 타겠다며
방방뜨고

총체적 난국이다.

겨울밤

    등나무가 철봉을 감아 도는데 중간에는 저가 저를 옭매어서 어느 줄기가 어느 줄기인지 모르겠어. 그 옛날 숨을 꼴딱이는 강아지 등에 업고 산 넘어 산 넘어 약방으로 내달리던 엄마가 딱 생각이 났던 거야. 여리고 붉은 젖꼭지 애써 물리던.

다육이

머나먼 적도 아래 고향 그리워
꽃눈 높이 빼어 올린 극동의 밤
별이 되면 보일런가 엄마 얼굴

내통內通 2

헐벗고 못생긴 허수아비 부부
참새도 먹고는 살아야지
참새라도 없으면 누가 우리를 찾을까
쌍수 들고 웃으며 꼼짝하지 않는다
참새가 주워 먹는 낱알은
허수아비가 뿌린 난수표

4부

1963 거금도

엄니, 나를 몇 시에 낳았소?
해거름녘에 낳았지.
초가을 오후 중반 이후 어디쯤이다.
친구 재석이는 토끼 밥 줄 때 나왔다네?
토끼장 앞을 지날 때면
시도 때도 없이 주는 게 토끼밥이지.
해자는 교회 종 칠 때 나왔어.
교회는 아침, 점심, 저녁에 종을 쳤다고.
사주팔자 없는 인생들이나
다들 잘 살고 있다지.

비틀각시

돌곡재 풀섶에 보일락 말락 비틀각시 뫼뚱이 숨어 있었네. 태어날 때 입이 비틀어져 별명도 비틀이, 온갖 천대 다 받다 정신이 모자란 노총각에게 버려지듯 보내져 신랑에게 맞아 죽었다고도 하고, 벌교 토벌군이 반란군 대라 족쳐 동네사람들이 비틀이를 지목해 총 맞아 죽었다고도 하고, 쪽배 타고 갯일 나가 바다에 빠져 죽은 신랑 기다리다 말라 죽었다고도 해서 이리저리 열 번도 더 죽은 비틀각시 뫼뚱, 해마다 동네 할배들이 잡초 베고 떡이랑 소주 놓고 둘러앉아 담배를 피웠네. 비틀각시 뫼뚱을 지나가는 어른들은 혀를 끌끌 찼고, 아이들은 고무신이 벗겨지도록 도망쳤다네. 깊은 밤이면 비틀각시가 으허엉 으허엉 흐느끼며 잠 안 자는 아이들을 쫓아다녀서. 아이가 그리워 쫓아다녀서.

감도리 가는 길

순천행 밤열차는 덜커덩 덜커덩 흔들렸다. 차창에는 겨울 습기가 앉아 멀리 읍내 불빛들이 동백꽃을 피우듯 붉게 번졌다.

길은 돌고 돌았다. 초록 빵모자를 쓴 버스 기사가 볼륨을 한껏 높인 라디오에서 요절한 남자 가수가 사는 건 힘들어도 사랑이 있어 좋은 날이라고 목청을 길게 늘일 때 버스가 긴 해교海橋를 건너 감도리 저수지 앞에 멈추었다. 조무래기에게 대양처럼 넓었던 저수지는 사내의 꽉 쥔 주먹보다 작았다.

사내는 젊은 아버지 손에 이끌려 걸었던 산길을 터벅터벅 걸었다. 아버지와 술상을 사이에 두고 단 한 잔의 술도 따르지 못했던 사내는 외투를 단정히 여민 후 소주가 가득 찬 종이컵과 마른 오징어 한 마리와 사과 한 개와 불붙인 던힐 담배 한 개비를 놓고 오랫동안 정좌했다.

어느 절 풍경風磬처럼 느릿하게 흔들리던 사내가 허리를 일으켜 멀리 바다를 응시했다. 마음이 허허로울 젊은 아들에게 술상을 마주 놓고 한 잔 따라 주리라. 눈들이 소금알처럼 박힌 바닷바람이 희끗한 사내의 머리로 몰려들었다.

사내는 젊은 아버지 손에 이끌려 걸었던 산길을 터벅터벅 걸었다. 버스가 감도리 저수지 앞을 떠났고, 길은 돌고 돌았고, 밤열차는 덜커덩 덜커덩 흔들렸다. 차창에는 겨울 습기가 앉아 멀리 읍내 불빛들이 동백꽃을 피우듯 붉게 번졌다.

게으른 섬

거금도로 가자
딸랑 방 하나인 함석집에서
오전 열한 시쯤 게으르게 일어나
된장 찍은 고추에 식은 밥 먹고
주섬주섬 낚싯대 챙겨 갯가로 가자
가서, 하염없는 허송세월로
눈먼 물고기 한 마리 낚아 들고
적대봉 풀숲 휘적휘적 싸돌아 댕기다가
이제, 운 좋게 더덕 한 뿌리 걸리면
실낱같은 푸른 연기로 생선찌개를 끓이자
물론, 저녁은 소주 두어 병
마시다 먹다 섬이 취하면 별도 취해
취한 별마다 아리아리 전설을 부르고
그도 싫증이 나면
그대로 잠이나 자련다
잠든 동안은
한참 전에 죽은 형이나
사자 꿈은 꾸지도 않을 것이다

나비의 꿈

넓고 넓은 바닷가에
움집 같은 등대 하나 가졌으면 좋겠다.
그러면 거기에 등대지기가 돼서
낮에는 뒹굴뒹굴 낮잠이나 퍼지게 자다가
밤이면 지나는 뱃사람들이 등대인지도 모를
촛불 같은 거 하나 겨우 켜놓고나 말겠다.
그러다 간혹 어느 고깃배 인심 좋은 선장이
옛시다, 우럭이나 빌돔이라도 툭 던져주면
이것들 통통 열 토막으로 쳐서
한 삼 년은 묵은 된장에 푸욱 찍어
막사발에 채운 달달한 쐬주를
육십 년대 뽕짝에 잣대밧대 기대고서는
세월아 네월아 마실 것이다.
명색이 등대가 지금 뭐 이따구냐고
밤배들이 뱃고동을 씩씩대거나 말거나,
길은 니들끼리 알아서 잘 가는 것으로 하고.

생生

바다가
하늘 별 바람과
억만 년을 부대끼다,
어느 날
불쑥
거금도를
낳았다.

아부지 1

우렁 우르러렁
섬 끝을 구르던 바다
외로워요, 외로워요
속살로 달빛을 안는다
우러러렁 쏴아
사랑해요, 사랑해요
귓불을 차돌에 부빈다
거금도 바닷가에는
억만 년을 쉬지 않고
투정부리는 바다를
묵묵히 들어주는 아버지
그 아버지의 아버지
그 아버지의 아들이
함께 누워 있다

바늘 같은 바다

동풍이 심한 날
바람 맞은 파도는
백만 개의 침을 세워
내 몸을 꼭꼭 찌른다
바람이 불면
거금도 바다는 바늘이 된다

바다의 끝

강이 떠난 거금도
새벽에 흘려
상류로 올라갈 수 없다
황혼에 흘려
하류로 내려갈 수 없다
다만,
바다에 흘려
바다 끝으로 몰려갔는데
백만 년이 지나도록 돌아오지 않고 있다
바다 끝에서 그이들이 무얼 하는지
알아보려 떠난 이도 오지 않는다
바다 끝의 사람들이 무엇을 하는지
거금도 사람들은 아직 모른다

침묵

거금도에서
바다는
머리를 풀어헤친 광인처럼
우러렁 우러렁
울부짖지 않는다
종일 밟고 찌르고 칭얼대도
저리 가라
내침이 없는 바다
제 속의 말은
한마디도 하지 않는 바다
친구도
이런 친구가 없다

등대 없는 섬

남자들이
바다를 질투하며
문을 걸어 잠근다
젊은 아내를 쫓아
대문까지 기어 온 바다가
사내들의 사나운
발길질에 쫓기면
바다를 평생 원수로 삼은
고립의 산짐승들이
일제히 바다를 물어뜯는다
거금도에는
바다를 위한 등대마저
없다

연못끄미에 뜬 달

늦가을 서러움을 못 견딘 달이
연못끄미 앞바다로 풍풍 떨어진다
시린 얼굴로
떼 지어 낙하하는 달을 보며
섬도
사람도
고독을 이겨야 한다
고립을 이겨야 한다
거금도의 달은
바다에 빠져 없는 날이 더 많다

연애하는 바다

백만 년 전 바다 끝으로 떠난
처녀 선생이
아직 돌아오지 않고 있다
바람이 불면
춤추는 바다
달빛으로
노래하는 바다가
처녀 선생을 보내지 않는다
처녀 선생은
거금도에 살 수 없다

소록도

허리가 쏘옥 잘리도록
아픈 섬, 소록도
거금도가
허리를 쓰다듬는다.

아부지 2

여섯 살 아이는 쫄랑쫄랑 술 취한 아버지 뒤를 따른다. 손에는 그래도 별사탕 든 건빵 한 봉지 들었다. 2월이다. 논은 반쯤 언 물로 차 있다. 술 취한 아버지는 심사가 꼬였는지 잘 부르던 〈대전발 영시 오십분〉을 멈추고, 야 이 개새끼들아, 하면서 구두를 논바닥에 던졌다. 아이는 고무신을 벗고 구두를 주워 나온다. 아버지는 또 던진다. 아이는 또 주워온다. 한 다섯 번 그러는 사이 아이 발은 동태가 되었다. 그래도 아이는 아버지를 두고 혼자 집에 갈 수가 없다. 저 앞에 공동묘지도 무서울 뿐더러, 구두를 던지는 사내가 산山이었기 때문이다.

56살, 겨울

우표책 첫 장을 장식했던
대통령 박정희

탕야 탕야 탕야!
입으로 쏘았던 나무권총

모방 구석에 쌓여있던
마루치 아라치 딱지

새 한 마리 잡지 못했던
고무줄 새총

호박꽃으로 개구리 낚았던
대나무 낚싯대

버려진 양동이 밑단의
양철 굴렁쇠

무수한 회초리를 견디었던

참나무 팽이

호주머니에 고이 간직했던
코 묻은 오원짜리 동전

마을회관 마당을 누볐던
빛나는 구슬

시린 허공중에 떴다 사라지는
내 유년의 허물들

직설(直說)하는 시의 길을 위하여

― 최보기의 시 세계

정훈

문학평론가

'시'를 두고 행하는 수많은 담론의 공통점이랄까, 혹은 모두가 부지불식간에 수긍하는 시에 대한 관념이나 인식은 '시는 보통의 언어와는 다른 말로 구성되어 있다.'일 것이다. 과거 형식주의자들이 시적 언어와 일상 언어가 어떻게 다른지 구조적이면서도 형이상학적으로 설명했던 사실과는 별개로, 우리는 시가 일상에서 주고받는 언어와는 다른 말의 형식을 띠고 있다고 생각한다. 이런 사고는 시가 상징과 비유를 즐겨 쓰는 장르이기 때문에 굳어진 통념이다. 수많은 시인들이 자신만의 상징이나 비유를 창조하거나 '만들어내는' 경우를 보게 된다. 이런 작업에서 자신만의 독특한 시 형식과 세계가 형성된다. 하지만 더러 일상어와 거의 다르지 않은 언어로써 시를 쓰는 시인도 있다. 이런 시는 독자들도 단박에 알아듣는다. 물론 독자들이 단박에 알아듣는 모든 시가 좋은 시로 귀결되는 건 아니다. 쉬운 시는 결코 쉽게 써진 시가 아니다. 이 둘을 구별할 필요가 있다. 이런저런 비유나 상징, 혹은 언어의 난해한 구조로 말미암아 배태되는 시의 해독하기 쉽지 않은 형식이 독자들에게 안기는 독해의 피로감에서 그동안 수많은 논란과 비판을 낳았다는 사실을 떠올린다. 시인 저마다 지니는 시적 수사와 배열 방식은 곧 시인이 세계를 바라보는 세계관과 직결된다는 점을 상기한다. 언어 선택부터 전체 시 형식의 꼴까지 아우르는 모든 창작 방법은 시인의 세계관과 철학과 무관하지 않다. 이런 점에서 최보기의 시들은 세계를 정직하게 응시하는 평소 시인의 시론이 그대로 발현된 것이라 볼 수 있다.

최보기 시집 『가타하리나 개부치 씨』에 실린 짧은 시편들을 들여다보면, 시인의 마음과 삶을 대하는 태도가 어떤지 짐작할 수 있다. 여기에는 자신을 위장하거나 치장하지 않고 직대(直對)하면서 꼿꼿한 심성의 결을 매만질수 있다. 대개 이런 시들을 읽으면 독자들은 자신을 되돌아보게 된다. 서늘한 바람 속에서도 흔들리지 않고 서 있는 한 남자의 결기가 느껴져 잠시 주춤거리기 때문이다. 이건 윤리적 자기 점검과 다를 바 없다. 자신의 의지와 의식마저 타인이나 공동체의 방향에 손쉽게 의탁하기 십상인 요즘, 이러한 단독자의 날선 의지를 만나는 일이 여간 반갑지 않다. 이런 의지는 엄밀한 의미에서 실존적 자기 고뇌에서 비롯한다. 숱한 고민과 방황 속에서 체득한 마음의 심지로 말미암아 생겨난 삶의 태도이다. 여기서 최보기의 시들은 한 편 한 편 나름의 의미와 세계를 만들어내는 것이다.

보라 저 산
깎아지른 절벽
바위를 안고 선 소나무
굽히더라도 꺾이지 않았고
꺾이더라도 굴복하지 않았다
정상에 이르지 않을지언정
비굴함으로 구求함은 없었다
천년을 버텨낸 저 의지를
— 「서시」 전문

「서시」에 드러난 시적 결기에서 그런 사실이 확인된다. "굽히더라도 꺾이지 않았고/ 꺾이더라도 굴복하지 않"는 산을 보며 시인은 자신을 가다듬었을 것이다. 숭고함마저 느끼는 산의 이미지를 통해 시인은 자신을 추스렸을 것이다. "정상에 이르지 않을지언정/ 비굴함으로 구求"하지 않는 결연한 마음의 단면이다. 여기에는 구차한 설명이나 자기변명이 필요하지 않다. 홀로 꼿꼿한 자세로 세상에 응대하는 존재의 형식은, 주체와 대상 사이의 팽팽한 긴장을 불러내면서 세계와 직면하는 한 인간의 고독한 존재성을 만들어낸다. 하지만 고군분투하면서 세상과 홀로 싸우는 전사의 이미지만 되새겨서는 안 된다. 세계에 맞서 홀로 서 있다는 말은 다르게 표현하면, 아무 도움이나 조력이 없어도 홀로 이 세계의 공간에서 세계와 함께 당당하게 흘러가겠다는 가치관의 표출이다. 위 시가 '서시'라는 점에 주목한다면 시인이 세상을 보는 시각과 태도를 밝힘으로써 자신의 창작 방향과 방법에 스스로 길을 제시하는 의미로 보아야 한다.

하늘이 동백을 피우지 않았다
동백을 피운 것은,
당신과 나의 붉은 심장

피는 것보다
지는 것에 전력을 다하는
철벽같은 바닥으로
온몸 내던지는

저것을 무어라 할까

하루에도 골백번
사랑한다 말하는 애인들아,
진짜 사랑은 죽어 없다
벼락처럼 저를 던지는
동백,
저것을 무어라 할까
　　　　—「동백」전문

　　응전하는 시인의 정신은 위 시의 소재인 '동백'을 형상
화하면서도 두드러진다. "당신과 나의 붉은 심장"이 동백
을 피웠고, "지는 것에 전력을 다하는" 동백의 결연한 낙
하에는 숱한 '사랑 타령'도 아랑곳하지 않고 "벼락처럼
저를 던지는" 그 무엇이 있다. 그러므로 동백이 지는 일은
그대와 내가 지핀 붉은 심장이 스스로 화염의 세계로 뛰
어드는 일과 다르지 않다. 아니면 동백이 떨어지는 것은
그 어떤 수사나 의미 부여도 허락하지 않는 한 존재의 소
멸이다. 붉은 동백이 선연하게 지는 계절에 시인은 서 있
었을 것이다. 꽃이 지는 사태는 그 자체로는 아무런 의미
가 없다. 다만 한 생명의 표정과 풍경이 있을 뿐이다. 하
지만 시인에게 그 사실은 예사롭지 않은 의미로 다가온

다. "저것을 무어라 할까" 물으면서 생명 하나 지는 사건을 화두처럼 붙들어 맨다. 영원히 풀지 못할 숙제를 앞에 두고 골몰하는 시인의 모습을 상상한다. 뚜렷한 말로 피우지 못할 존재의 형식들이 있다. 하나의 사건이나 하나의 모습, 혹은 하나의 풍경이 전달하는 이미지는 평설로 형용하기 힘든 이 세계의 신비를 귀띔한다. 꽃이 지는 모양뿐만 아니라 존재의 모든 형식에서 자아내는 생의 문법에서 쓸쓸한 감정을 느끼는 자가 바로 시인이지 않을까. 시인이 굳이 분명한 어조와 단어로 지칭하지 않은 동백의 낙하에는, '붉은 꽃잎'이 인간에게 부여한 상상을 위한 온갖 언어 조합마저도 물리치게 하는 존재의 신비를 불러일으킨다. 시인이 말하고자 하는 바는 바로 거기에 있다. 어떤 언설로도 형용할 수 없는 단독자의 결연한 선택에서 삶의 뒷모습이 어떤 빛이어야 하는지 짐작하게 한다. 그러니까 모든 존재는 각자 스스로 행해야 할 존재론적이면서 윤리적인 의무가 있는 법이다. 시인은 그 서늘한 양태를 보면서 궁극적인 존재의 방식이 무엇이어야 하는지 자문하는 것이다.

그러니까 말인데
시를 쓰는 시인이

육이오 때 삼팔선에서 죽은 예수가
식은밥 한 덩어리에 운다

저리 써놓으면
뭐가 좀 있어 보이기는 하지만
그게 무슨 말인지 시인 저도 모르더라.

그러니까 말인데
시는 은유와 상징이라는 법률이
지나치게 상징적인 바,
직설로 가슴을 울리고 뇌를 충격하자.
은유와 상징이 머리카락 꼭꼭 감추는 사이
세상은 직설이 바꾸더라.

'나라를 확 혁명하자'는 말
얼마나 쉽고 간결한가.

그러니까 말이지
시여, 직설하자.
— 「시여, 직설하자」 전문

존재의 궁극적인 방식을 캐묻는 시인에게 시는 「시여,

직설하자」에 그대로 나타나듯 '직설'의 태도를 취한다. 솔직하게, 꾸미지 않고, 뚜렷한 방법으로, 덧칠하지 않고 날것 그대로 말하는 방식은 시의 얼굴을 더욱 분명하게 제시하는 일이기도 하다. 은유나 비유와 같은 시적 장치가 필요 없다는 뜻이 아니다. 은유나 비유나 상징이 흔히 저지르기 쉬운 의미의 덧칠을 과감하게 벗겨내자는 말이다. "은유와 상징이 머리카락 꼭꼭 감추는 사이/ 세상은 직설이 바꾸더라"는 진실을 시에도 적용해야 한다는 말이다. 시인의 이런 사고방식은 곧 시를 쓸 때 머릿속 관념으로 쓰지 말라는 요청과도 이어진다. 관념에서 배태되는 시란 대개 회색 언어로 치장되기 마련이다. 뚜렷한 목적의식이 실종된 상태에서 다만 '시적인 것'의 뿌연 날갯짓에만 온몸과 시선을 좇는 시들이 독자들의 생각을 혼란하게 하듯이, 직설로 다가서는 시는 독자로 하여금 "가슴을 울리고 뇌를 충격"하는 법이란 사실을 시인은 전한다. 시인 스스로 자족하는 시가 있는지 모르겠지만, 독자를 외면하고 몇몇 특정 독자(비평가나 시인)를 염두에 두는 시 쓰기일수록 스스로 만든 함정에 빠지는 경우가 많다. 현실을 바탕으로 썼지만, 시인이 형상화한 현실이 말 그대로 시인이 상상으로 직조해낸 탈현실적인 세계가 되어버리는 수가 허다하다. 이런 탈현실적인 세계를 노니는 언어들이 비평가들에게 찬사를 받으면, 대개는 그 아류들이 잇달아 나온다. 이런 현상은 특정 비평가와 시인이 결탁된 '침묵의 카르텔'로 굳어지고, 그런 오랜 악습이 시단의 불문율이 되어버린 현실을 모르는 이 별로 없을 것이다. 좋은 시를 가르는 수많은 방법 가운데서도 몇몇 명망 있는 비평가의 평이 중요한 가늠자가 되어온 사실은, 시가 진정으로 어떤 방향과 기능을 지녀야 하는지 다시 한번 자문해야 할 필요성을 제기한다.

　　모처럼 온 고향집
　　친구들과 과음으로 속이 쓰리다
　　뜨거운 물에 밥 말아 김칫국물에 먹을까?

　　늙으신 어무이 부엌에서 딸그락딸그락
　　밥상 들고 들어오신다

　　─아나, 물에 밥 끓였다 김치에 묵어라
　　─시방 그걸 어치께 알았당가?
　　─니를 뱃속에서 열 달을 키웠다 안카나
　　　　　　　　　　─「내통內通 1」 전문

　어머니와 아들의 단순한 대화처럼 보이는 위 시는 보기처럼 단순하지 않다. '내통'이란 시 제목에서도 알 수 있듯이, 화자와 나누는 어머니의 대화는 순전히 아들과 모친 사이에서만 통하는 연락이다. 모자 사이가 아니고서는 아무도 모르고, 아무도 이해하기 힘든 대화이다. 숙취로 힘겨운 아들에게 무엇을 먹여야 할지 눈에 보듯 뻔한 어머니 마음이다. 어째서 이런 일이 가능할까? 그 이유는 시에서도 언급했듯이 "니를 뱃속에서 열 달을 키웠다 안카나"란 어머니의 말에서 확연하다. 몸속에 열 달을 애지중지 기른 자식이기에 어미로서 자식의 식성뿐만 아니라 마음까지도 훤히 들여다보는 것이다. 이러한 내통의 관계란 그 무슨 언어로도 해명할 수 없다. 이심전심의 관계다. 굳이 말로 나타내지 않더라도 척 보면 알아채는 마음이기 때문이다. 시도 마찬가지다. 그 어떤 수사로 형용하지 않아도 시인의 마음 그대로 독자에게 전달하기란 얼마나 어려운 일일까. 많은 시인들이 그런 시를 원할 것이다. 독자들 또한 시인이 독자의 마음을 알아주지 않더라도, 최소한 독자 마음 깊숙이 들앉은 괴로운 심사 끄집어내어 속 시원한 일갈이 되어 독자들 가슴에 시원하게 내리꽂히는 시를 원한다. 이런 마음이 시인과 독자와 내통하는 관계란 생각만 해도 행복해진다.

군이 말을 하지 않아도 통하게 되는 관계는 누구나 원한다. 주저리주저리 설명하지 않아도 척 알아듣는 사이란 얼마나 편한가. 하지만 세상에 그런 관계란 지극히 드물다. 혈육지간이라고 해도 마찬가지다. 시인은 「내통內

通 1」에서 그린 합일의 정서에서 아득한 그리움 같은 것을 느꼈을 것이다. 먼 길을 걷는 인생에서 자신의 길을 묻지도 않고 가리키는 존재가 있었던 때는 행복하다. 지금은 지복했던 세계에서 누렸던 행복을 박탈당한 채로 정처 없는 실존의 여행을 각자 떠나는 세상이 되어버렸다. 원래 사람은 홀로 태어나 홀로 죽는다는 진리를 수락한다면 별 문제될 것은 없지만, 점점 단독자로서 홀로 외로운 삶을 개척해야 하는 시대를 지나고 있다는 생각은 한없는 고독으로 우리를 수렁에 빠뜨리고 있다는 느낌을 지울 수 없게 한다. 최보기의 시편은 그런 실존적인 고독감에서조차 당당히 자신을 일으켜 세우려는 의지가 단단히 박혀 있다. 그것은 진정한 자유와 해방의 길이 무엇인지 체득한 자라야 가능하다. 적어도 자유와 해방이 어떤 상태인지 짐작할 수 있는 자의 언어인 것이다.

원래 길이 아니었으나 나는 걸었네. 수풀에 숨은 돌부리에 걸려 넘어지기도, 무릎을 다쳐 피가 나기도 했다네.

거친 나무 가시에 얼굴이 찔리기도 했지만 늘 그런 것만은 아니어서 맑은 햇살 아래 환히 웃는 옥잠화 무리도 만났다네.

방향이 틀린 것 같아 멀리 갔던 길을 되돌아오기도 했고, 어떻게 되겠지 하며 막무가내로 걷기도 했었네.

어느 날, 돌아보니 내가 걸었던 길을 사람들이 걷고 있었네. 웃으며 걷는 사람, 울면서 걷는 사람, 화가 나서 걷는 사람, 손잡고 걷는 사람. 나는 오늘도 내 길을 가네. 뚜벅뚜벅 걸어가네.

　—「길 2」전문

시행착오를 거치며 다치고, 상처가 나고, 그러면서 후회도 하면서 다시 가야 할 길을 재촉하는 사람의 뒷모습이 연상이 되는 시다. 물론 여기서 길은 삶이나 인생행로를 비유했다고 볼 수 있다. 사람들이 각자 다양한 선택과 결정으로 자신이 처한 환경에 적응하며 살아갈 때, 어떤 이는 많은 이들이 좇거나 따라가는 길을 따르지 않고 자신만의 길을 걷는다. 아마「길 2」도 이런 경우에 해당될 것이다. 시의 화자는 "원래 길이 아니었으나 나는 걸었네"라는 진술에서 이미 '좁은 길'을 향한 의지를 보여주고 있다. 대개 이런 경우에 따라오는 역경과 고난을 거치고 난 뒤, "어느 날, 돌아보니 내가 걸었던 길을 사람들이 걷고 있었"다는 사실을 알게 되면서 여전히 "나는 오늘도 내 길을 가네. 뚜벅뚜벅 걸어가"는 것이다. 자신의 길을 조건과 환경에 눈치 보지 않고 고집스럽게 걷는 자는 현실에서 수난을 당하거나 버림받기 십상이다. 무리와 달리 자신의 길을 걷기 때문이다. 공동체가 제시하는 방향과 틀어지는 수가 생겨 결국 공동체의 장래에 훼손을 가하기 때문이다. 이런 집단적인 문화와 질서 속에서 자신만의 길을 걷는 일이란 여간 어렵지가 않다. 타협이나 현실 수긍의 유혹을 떨쳐버리기란 쉽지 않기에, 자신만의 길을 개척하는 일만큼 큰 용기를 필요로 하는 일도 없을 것이다. 시인은 위 시에서 고독한 길을 만들고, 개척하고, 걷는 존재의 대(大) 자유를 보여준다.

거금도로 가자

딸랑 방 하나인 함석집에서

오전 열한 시쯤 게으르게 일어나

된장 찍은 고추에 식은 밥 먹고

주섬주섬 낚싯대 챙겨 갯가로 가자

가서, 하염없는 허송세월로

눈먼 물고기 한 마리 낚아 들고

적대봉 풀숲 휘적휘적 싸돌아 댕기다가

이제, 운 좋게 더덕 한 뿌리 걸리면

실낱같은 푸른 연기로 생선찌개를 끓이자

물론, 저녁은 소주 두어 병

마시다 먹다 섬이 취하면 별도 취해

취한 별마다 아리아리 전설을 부르고

그도 싫증이 나면

그대로 잠이나 자련다

잠든 동안은

한참 전에 죽은 형이나

사자 꿈은 꾸지도 않을 것이다

　　　　—「게으른 섬」전문

　이번 시집 『가타하리나 개부치 씨』에는 고향 거금도에 관한 시편들이 많이 실려 있는데, 위 시「게으른 섬」도 그 가운데 하나다. 누구나 고향이 있으며, 고향을 그리워하며 살아간다. 물론 드문 경우에는 고향에 대한 애증이 유별나 오히려 고향을 멀리 떠나고 싶어하는 이도 있을 것이다. 시인은 어릴 적 떠나온 고향 거금도를 평생 품에 안고 살아왔다. 대개 고향을 떠나 도시에서 일가를 이루어 고향으로 돌아오면, 집을 따로 짓거나 별채 같은 공간을 만들어 삶의 터전과 고향을 오가는 '전원적인 삶'을 누리는 사람들이 많다. 그것대로 편리하고 윤택한 삶의 방법일 수도 있다. 그런데 시인이 꿈꾸는 삶이란 보통 사람들이 행하는 전원적 삶과는 거리가 멀다. "딸랑 방 하나인 함석집에서/ 오전 열한 시쯤 게으르게 일어나/ 된장 찍은 고추에 식은 밥 먹고/ 주섬주섬 낚싯대 챙겨 갯가로 가"면서, 낚은 물고기로 찌개를 끓이며 소주를 마시는 삶을 꿈꾼다. 그러니까 고향-도시-고향의 패턴에서 한층 '업그레이드'된 고향살이가 아닌, 말 그대로 원래의 고향으로 몸만 덩그러니 돌아가는 꿈을 꾸는 것이다. 이런 마음의 밑동에는 세속의 욕망이나 권세에 대한 아쉬움이 전혀 없다는 사실을 엿볼 수가 있다. 말 그대로 자연과 뒹굴면서 더 이상 욕심을 부리지 않는 삶을 꿈꾼다고 보아야 한다. 삶에 대한 애착이 없는 상태에서 자신의 삶의 길을 온전히 마음이 가는 대로 놓아버린 삶이란, 앞서 말한 고독한 단독자의 실존적 결기로서만 설명할 수 있다.

늦가을 서러움을 못 견딘 달이

연못끄미 앞바다로 풍풍 떨어진다

시린 얼굴로

떼 지어 낙하하는 달을 보며

섬도

사람도

고독을 이겨야 한다

고립을 이겨야 한다

거금도의 달은

바다에 빠져 없는 날이 더 많다

— 「연못끄미에 뜬 달」 전문

고독한 단독자의 마음이란 그 어떤 고독과 고립을 이겨내는 자이다. 위 시 「연못끄미에 뜬 달」은 그러한 존재의 시린 마음 한 조각이 바다와 달을 매개로 뚜렷하게 형상화되어 있다. "시린 얼굴로/ 떼 지어 낙하하는 달을 보며/ 섬도/ 사람도/ 고독을 이겨야 한다/ 고립을 이겨야 한다"는 전언이 이를 말해준다. 고독이나 고립은 어느 순간 두려움과 불안함을 내민다. 철저하게 외따로 떨어져 있다는 사실이야말로 존재에게 가하는 고통도 없을 것이다. 이는 아무도 만나거나 소통하지 않고 혼자 지낸다는 의미가 아니라, 관계 속에 놓여 있더라도 원래 스스로 가야 할 길을 걸어야 하는 실존적인 상황을 받아들이는 의지가 불러일으키는 고단한 결단이다. 그러므로 세상 자체를 스스로 떠안으면서도, 세상 자체와 유리되어 자신의 길을 걷는 자가 마주한 아이러니하고 모순된 존재 상황을 가까스로 견뎌내는 일인 것이다. 이럴 때 위 시에서 나오는 '달'을 시인이 감행하는 고독한 의지를 드러내는 객관적 상관물로 여겨도 무방하지 않을까. "늦가을 서러움을 못 견딘 달이/ 연못끄미 앞바다로 퐁퐁 떨어"지는 광경에서 나약한 인간으로서 시인과, 그런 나약한 존재 상태를 이겨내고자 하는 의지의 발현으로서 강인한 실존의 재탄생에 대한 희구를 엿보게 된다.

칼이 빠진 바람 불어 산책하기 좋은 봄날 저녁 공원의 벤치에서 가타하리나 개부치 씨를 생각한다. 그가 물었다. 어디로 가려느냐? 모르겠다고 했다. 나는 알고 있다고 그가 말했다. 나는 네가 아는 것은 너의 것이라고 했다. 그는 고개를 끄덕이며 떠났다. 지금 개부치 씨는 어디에 있는가? 그를 만나야겠다. 눈썹달만이 어둡고 긴 문장 끝에 마침표로 달려 있어 개부치 씨에게로 가는 길을 모르겠다. 다시 벤치에 우두커니 앉아 가타하리나 개부치 씨를 기다린다. 봄여름가을겨울 다시 봄여름가을겨울 그 후로도 몇 개의 봄을 더 지나왔지만 가타하리나 개부치 씨는 아직 오지 않는다.

　—「가타하리나 개부치 씨」 전문

　아마 이번 시집에 실린 시편들 가운데 가장 난해하면서도 독특한 시가 아닐까 싶은 「가타하리나 개부치 씨」를 읽으며 마무리지으려 한다. 시인은 독특한 이름인 '가타하리나 개부치 씨'를 생각하며 그와 나눈 대화의 일면을 제시한다. "그가 물었다. 어디로 가려느냐? 모르겠다고 했다. 나는 알고 있다고 그가 말했다. 나는 네가 아는 것은 너의 것이라고 했다. 그는 고개를 끄덕이며 떠났다." 마치 화두처럼 주고받는 둘 사이의 별 의미 없는 듯한 대화에서 존재의 의미와 방향을 떠올렸다. 사실 어느 누구도 자신의 의미와 왜 존재하고, 왜 살아야 하는지 명쾌하게 깨달은 이 드물다. 어찌 보면 생각을 거듭할수록 미궁에 빠지는 게 바로 존재에 대한 탐색이지 않을까. 시인이 제기한 위 대화는 앎과 존재의 방향에 대한 정답이란 있을 수 없으며, 오로지 자신의 결단과 의지로써만 이룩할 수 있는 존재성의 의의를 곰곰이 생각하게 한다. 선문답처럼 말을 툭 던지고 떠난 사람과, 그를 기다리는 사람 둘다 진리에 목마른 상태이지 않을까. 아니면 '진리'라는 허울을 과감하게 벗겨버리고 남은 자리에 찾아오는 날것 그대로인 존재를 받아들이는 단순한 삶의 사고가 결국 진리에 이르는 첩경은 아닐까. 왜 사느냐는 물음, 혹은 어느 방향으로 삶의 가치를 설정해야 하느냐는 물음은 인간이 끝내 풀고 싶어도 풀 수 없는 문제일 것이다. 그런 사태의 와중에 시인은 그래도 자신만의 길을 찾으려 했으며, 애써 찾은 길이 힘들고 험해도 결코 놓치지 않고 제 것으로 만들려 노력한다. 이것은 시 쓰기가 주는 외로운 실천이기도 하고, 삶의 방법에 몰두하는 실존적인 자아의 지난한 탐색이기도 하다. 직설하는 시 쓰기의 고독한 감행만큼 허망한 삶의 여백에 성긴 길을 만들어 묵묵히 걷는 자의 독백이 이번 최보기 시집이 보여주는 의미이다. 🕾

달아실 기획시집 32

가타하리나 개부치 씨

1판 1쇄 발행	2023년 12월 29일
지은이	최보기
발행인	윤미소
발행처	(주)달아실출판사
책임편집	박제영
디자인	전부다
법률자문	김용진, 이종진
주소	강원도 춘천시 춘천로 257, 2층
전화	033-241-7661
팩스	033-241-7662
이메일	dalasilmoongo@naver.com
출판등록	2016년 12월 30일 제494호

ⓒ 최보기, 2023
ISBN 979-11-91668-99-5 03810